詩集

午後の木洩れ陽

柴田節子

文芸社

詩集　午後の木洩れ陽◉目次

午後の木洩れ陽

指

わたしの手の指先に
流れてゆく私の心
指は心の糸を紡いでは
女の暮らしの機《はた》を織りつづけている

冬の夜道で
あなたの手に包まれた　冷えた指先
はじめて指輪をはめた日の　薬指のはにかみ
やわらかにまるい子供の手をひいた　若い母の日
やがて　老いた母の弱い歩みも支えて

女の季節は彩りを変えながらめぐってゆく

あなたに
子供に
花に
小鳥に
心を通わせるわたしの日々は
指先に紡がれて
わたしの布を織りつづける

水かげん

明日の朝食の米をとぎ終ると
使い慣れた釜に入れ　水かげんをする
米はやがて水の中でふくらみ
はじけるような音をたてる

日々はおだやかに過ぎても
毎夜　水かげんをする時には
きょう一日を自分に問うてみる

かたすぎず　やわらかすぎない

わたしの心の水かげんはむずかしい
灯《あか》りを消した台所の窓の向こうに
月が細く

午後の椅子

椅子に座ると　心も座る
やわらかく背の形に添うように
心の形にそってくる

椅子は黙って受け止めてくれる
やり場のない　いらだちを
言葉にならないさみしさを

誰もいない秋の日の午後
椅子は小さな吐息をもらす

ひじかけに樹の影を揺らしながら――

鯉

釣り堀で小さい息子が釣ってきた鯉は
さびしい目をしている
黒い体に藍色の目をしていて
懶《ものう》そうにあまり動こうとしない

なじみにくい水槽の中で
鯉は山あいの川を思いつづけているのだろう
岩の間をくぐって食べ物を探すことも
危険から身をかわすこともないかわりに
じっと餌を待つだけの　一日の悲しい長さ

五月の空が水にうつり
風の運んできた花びらが
藻の蔭に揺らめいても
餌を与えられる時
鯉は　いっそうさびしい目になる

母の手

母は　きょうも眠っている
午後のひとときを　まどろむように

胸の傍らに置かれた母の手のひらに
私の人差し指をかるくのせると
母はゆっくりと　私の指を包むように握る

目を閉じたまま
手のひらを開いては　また包む
ただ　それだけをくり返して

母は私に別れの挨拶をしているのだ

静かな息づかいながら　すでに
死は整えられていることを思うと
いま　あたたかな母の手に包まれて
私は近づいてくるその時を　見つめている

母の日

明るい午後の浴室で
八十歳になった母の　髪を洗う私
「しっかり目を閉じていてね」

「はい　大丈夫よ」
うつむいたまま　タオルを目にあてて母はいう
少なくなった白い髪を私の手に預けて
母は　私の娘になったよう

ひとすじの髪にも

朝ごとに梳いた女の年月が思われて
母の老いの深まりを見るのはさびしい

かがんだ母の背は
まだ少し艶のある白さを残していて
小窓の外には五月の風がわたってゆく
それは　きょ年の母の日のこと

ことし母の日に　母はもういない

潮　岬

〈本州最南端〉と記された　潮岬の灯台にのぼると
はるか熊野灘の　丸みをおびた水平線ちかく
模型のような船が通って行く

白い灯台の足もとには
冬の海が穏やかにうねり
釣りをする人の小舟を浮かばせている

土地の人は海辺の家をさして
「台風がくると　この辺りまで波がきます」と

くりかえしていうが
目の前の海は絵にある風景のようで
ここが台風の通り道であることを忘れさせる

高く築かれた石垣と防波堤に守られて
海辺の人々は暮らしている
私たちが　子供のための防波堤であった年月は過ぎて

あなたと二人　岬に立つ

帽子はどこに

ここも探した
あそこも探した
何日もこうして探し倦《あぐ》ねているのは
気に入っているグレーの冬の帽子
しまったはずの処に見当たらない

今日も落ち着かず記憶をたどりながら
まさかと思う処も探している自分の姿を
滑稽に眺めている

昨日と今日とでは
自分のこころの在り処さえ
少しずつずれて定まらずにいるものを

それにしても帽子は見つからない
何処《どこ》かに身を隠して
忍び笑いでもしているのだろうか

窓は

雪の坂道を上りながら何気なく振り向いて見ると
閉ざされた山荘の窓が光っている
雪の積もった屋根から窓にかけて
太いつららも光っている

思わず　カメラを向けると
窓が微笑している
急いで身繕いしたとでもいうように
いっそう光って

深く雪におおわれた山荘に
人の訪れた跡は見えない
窓の傍らには留守を守るかのように
白樺が冴え冴えとした木肌を見せて直立している
雪の山脈に真向かう窓という窓が
夕日を映して輝くいまを
山荘の主《あるじ》は知らない

見てほしかったのだ
振り向いてほしかったのだ私に
長く閉ざされたままの　山荘の窓は

赤い自転車

赤い自転車が一台
置き忘れられたように立てかけてある
駅前の自転車置き場のはずれに
馬が前脚をあげ胸を反らした格好で

自転車に向かい合って
柿の木が枝を差しのべている
自転車置き場に夕日があたると
残り少ない柿がつややかに光る
赤い自転車のハンドルも光る

年の暮れが近づくと　この一年
こまごまと抱えこんできたものが重くなってくる
いっそ　置き忘れたように
見えない所へ遠ざけてしまいたいと思う
けれど　私の胸の暗がりで
それらが小さく光っては消え　また光る

赤い自転車は
胸を反らしたまま立ちつづけている
柿の葉が散りつくしたいまも

北風の街で

烏龍茶の空缶が
甲高い声をあげて転がってゆく
赤信号の十字路を突っ切って

若い北風が力まかせに吹きつのるので
いっぺんに散ってしまった街路樹の葉
道の上を川のように音をたてて流れてゆく

新しい帽子を右手で押さえ
攫われそうになるスカーフを左手で押さえ

風に逆らって前屈みに歩く私
空だけが　明るく笑っている
思いきり気晴らし出来た　とでもいうように

猫の手

薄汚れた白い猫が
庭向こうのアパートの階段を
一段ずつ　ゆっくりと上がっていく
まるで人を訪ねてゆくように

何処かで落ち葉を焚いているらしい
白い煙が樹々の間をぬけてくる
いつのまにか　さきほどの猫
煙の中からあらわれて
ガラス戸ごしに　じぃーっと私を見ている

――オクサン　ヒマソウデスネ
――十二月モソロソロオワリデスヨ

待っていらっしゃい
これを書いてしまったら
あなたの手　借りるわよ

元日の風景

——品川埠頭で——

倉庫の立ち並ぶ道の向こうに
元日の海が光って見える
閉ざされた倉庫の大きな錠前を
冬日がのんびりあたためている

埠頭には人影も見えない
建設中のレインボーブリッジのあたりにも
岸壁に繋がれた小舟の上にも

埠頭につづく道は深閑としていた

車も人も猫も横切らない道に
信号機だけが律儀に点滅をくり返して

昨日までここに在った〈暮らし〉は
みんな何処かへ遊びにいってしまった
留守番をしている街がほうーっと一服している

ひろびろと静かすぎる道は
知らない国の知らない街のようで
振り返り振り返り　歩く

赤ちゃんの手

午後の電車のなかで
初々しいお母さんに抱かれた赤ちゃん
赤ちゃんの桜いろの指は
手のひらにくいこむように
しっかりと握られている

固い蕾を思わせる拳が
握りしめている未来を
そうっと覗いてみたい
赤ちゃんの手が

がっしりとした青年の手になった頃の
水色の服から
両手をのぞかせて眠っている赤ちゃん
見つめられながら　まわりの人びとに
優しい時間を贈っている

結ぶ

畳屋さんの親方は塗りの二段重ね弁当
藍の小風呂敷に包まれて
若い経師屋《きようじや》さんの大きなお弁当は
花模様の大判のハンカチで
大柄なペンキ屋さんの小振りなお弁当は
手作りのお弁当袋に

雨あがりの陽がまぶしいぬれ縁で
職人さんがお弁当をひらいている
無口で気むずかしそうな職人さんが

お弁当の包みの結び目を解くとき
柔らかな目になる
毎朝　忙しく結んで手渡す手は
心もそこに結んでいる

あの虫の名は

夕暮れ　裏庭から
細く澄んだ　うつくしい虫の声
その声にきき入りながら
何という名であったか思い出せない
馬追《うまお》い　蟋蟀《こおろぎ》　鈴虫ともちがい
鉦叩《かねたた》き　青松虫でもない　あの虫の名は

ルルールルールルー
もしや　あれは邯鄲《かんたん》ではないかしら
かつて真冬の沖縄を訪れたとき

摩文仁《まぶに》の丘に佇むわたしの足もとで
蟋蟀がさかんに鳴いていた
その合間にひびく透き通る虫の声は
邯鄲という名だと教えてもらった
激戦の丘に散っていった人々に届くように
虫たちはきっと一年中鳴き止まないのだろう

いま邯鄲のうつくしい声に耳を傾けつつ
わたしの眼裏《まなうら》に浮かぶのは
芒《すすき》が冬の海に向かって手を振りつづけていた
あの丘の光景なのだった

象の花子さん

秋の陽を浴びて象の花子さんが立っている
その背にケヤキの影を揺らして

花子さんは老いてはいたが
いっそう優しい目をして
遠くをじいっと見ている
遠い目をした花子さんは何を思っているのだろう

私はひとり　象舎の柵にもたれて
若い頃の花子さんを思っている

私が子供の手を引いてたびたび訪れた頃の
遠足に来た子供たちが駆け寄ってくる
花子さんはゆっくり水飲み場へ歩いてゆき
長い鼻を上手にまいて水を飲む
子供たちのつぶらな目に見つめられ
くり返し　くり返し水を飲む

足　音

近づいてくる足音に振り向くと
夫と思ったのは息子であった
驚いた表情の私に息子は怪訝な顔を見せる
このごろ夫と息子の足音を間違えるようになった
性格も体格も似ていない夫と息子の
足音だけが　どうして似てくるのであろう

動物の親子も
似通った足音をたてて暮らしているのだろうか
農家の庭でいつもいっしょに

草を食べている母牛と仔牛
毎日夕方になると
散歩に出かけてゆくお隣りの犬の親子も
そう思って眺めるとたのしくなる

家族の足音も
娘が育ち　息子が育ち
移り変わって来たのを思いながら
私の足音もまた――

冬の夜ふけに

冬の夜ふけに
かつて寒気を貫いてきこえてきたのは
寒参りの人々が打ち鳴らしていく太鼓の音
火の用心の夜回りをする拍子木の音
夜鳴きそばを売り歩くチャルメラの音
北風が吹きつのる夜には
とりわけ哀調を帯びるその音いろが好きだった

風邪をひいてたびたび高熱を出した子どものころ
わたしは氷枕の冷たさに目がさめると

そのもの哀しいひびきが震えながら
街角を曲がって遠ざかるのをきいていた
子どもごころに何を思っていたのだろう

深閑とした冬の夜ふけには
母が氷枕に入れる氷を砕いていた音とともに
幼い耳に残ったあの音いろが
いまも当時のままにはっきり甦ってくる

石は

風がゆく
草むらに並ぶ石の上を
日焼けした石のほてりの上を

石は　みな独りぼっちだった
きょうも一日　陽を浴びて
通り過ぎる人の足もとを見ていた

石はかつて城*の天守閣を支えた礎石であった
平たい石　細長い石　まるみのある石

それぞれの顔を持った石は身を寄せ合って
三五〇年　天守閣を支えつづけた

新しい城は鉄筋コンクリートに建て替えられ
石は城内の草むらに一列に並べられた
日が落ちて人影の去った石の傍らをめぐると
ひとつ　ひとつの石と目が合う
礎石の役目を終えた石は
行儀よく草むらに坐りつづけている

＊烏城《うじょう》と呼ばれる岡山城

六月の午後

梅の実が落ちる
今年はほとんど実をつけない庭の梅の木は
ジュースにも梅酒にも作られずに
少ない実をひとつ　またひとつと落とす
懶《ものう》い音をさせて

孔雀が啼《な》いている
近くの小学校の校庭に
一羽だけで棲むインド孔雀
青い首を真っ直ぐ立て　光る尾を引きながら

はるか海の向こうの花嫁を呼んでいるのだろう
ふた声　み声とくり返しているのは

私の耳にとどく音が
みな哀切にひびいて聞こえるのは
光も風も眠らせている
六月の午後のせいなのだろうか

昨日　久しぶりに出会った年若い友に
私はひとりいい気になって喋りすぎてしまった
今日になっても
薄まらない悔いを持てあましているのは

六月の午後のせい？

この夏は

――一九九三年――

この夏　空の高みでは
よほど哀しい出来ごとがつづいたらしい

子供の雨雲は朝からびしょびしょ
少女の雨雲は一日中しとしと
若者の雨雲は力まかせにざあーざあーと

燃えさかる真夏の太陽は隠れたまま
百日紅《さるすべり》は蕾のままの花房を重そうに揺らし
向日葵は小ぶりな顔を傾けて

田圃も野菜畑も泣きべそをかいている

日傘はたたまれたまま
麦わら帽子もかぶらないまま
セミが早口に鳴きたてる頃
言葉少なに夏はいってしまった
さようならのひと言もいい忘れて

長い夏

――一九九四年――

両手をせいいっぱい伸ばしているケヤキは
赤茶色に日焼けしてしまいました

百日紅は昼下がり
ぬるい風を胸もとに送るように
けだるく咲き終わった枝を揺らしています

空の水道の蛇口は
どなたが固く締められたのでしょう
毎日ひと雫もこぼれてきません

碧い空に重なり合う雲が
今日もアルプスの雪の峰のように輝いて
大地のあせもは日に日にひろがってゆきます

人も木も犬も
息をひそめている長い夏の午後です

正月の街

水平線からせり上がってきた元旦の太陽は
いつもより光る晴れ着を身にまとっていた
そのせいか機嫌よく
新しい光をふんだんに配っている
街の隅々にまで充分ゆきわたるようにと

閉ざされている店の
輪飾りのゆずり葉を光らせ
街路樹の足もとの汚れた小石にもとどかせ
駐車場に並ぶ車のフロントガラスも磨きあげ

街中を輝かせている

昨日と同じ街が
今日は真新しい日記帳のように
よそゆきの顔で光の中に在る

影

張りかえたばかりの障子に
縁先の梅の木が影を映している
葉を落としきった枝から枝へ
メジロらしい鳥の影を遊ばせて

コンクリートの家からこの家に越して来た冬
夜更けの雨がこの梅の木に降りかかる音で目が覚めた
それは雨と樹の密やかな会話のように優しく
わたしは眠ってしまうのが惜しくてきき入っていた

このところ　いく日抱きつづけても
孵化しない言葉を持てあましながら
（たぶん温めかたが悪いのであろう）
今日もぼんやり午後の机に頬杖をついている
さっきから部屋を覗いている悪戯《いたずら》好きの冬の陽が
何処か思いもかけない処に
こっそり私の影を映しているかもしれない
障子の影絵に見とれている間に

牡丹

風のない晩だったのに
今朝　庭隅のひと株の牡丹は
ひとひらの花びらも残さず　散り尽くしていた
その濃紫の花びらは
舞姫の脱ぎ捨てた衣裳のように花の足もとに

幾重もの花びらをゆっくりほどいて
ようやく咲いた大輪の牡丹を
わたしは一日中　飽かず眺めていたのだった

きのうは　とりわけ夕日が美しかった
茜いろの光が花芯にとどいたとき
花は心待ちにしていたのか
頬を染めて身を震わせていた

何故　散り急いだのだろう
光を受けとめたときのあの輝いた眼差しを
わたしに見られてしまったからか
花の在った位置に目をやりながら
夕べ　闇の中で人知れず舞ったであろう
牡丹の姿をわたしは思い描いている

わたしの小さな森

かすかに風の誘う気配がする
わたしの胸の奥に在る小さな森から

その森の切り株に
わたしのこころはときどき腰をおろしにいく
なにを思うでもなく　ただぼんやりとするために
明るいところばかりにいると疲れてくるのかもしれない

いつかバス通りの金魚屋の主人がいっていた
――金魚も一日中　人に見られていると

　疲れてしまって命が短いのですよ
ゆらゆらした藻の蔭に身を隠すのも
水槽の中に置いた素焼きの小さな土管を隠れ家にして
出たり入ったりしているのも――分かる気がする

森の中に薄らと陽が差し込んでくれば
たぶん　わたしは少し元気になって
また明るい街へと出かけていくのだろう
髪をとかし　口紅を引き直し
新しいセーターを買ったら
鏡の前で帽子もかぶったりするだろう

豆を煮る日は

豆を煮る日はどうしてか
曇り日か　雨か　雪の降りそうな日が多い
なぜだろう——たぶん
わたしの気持ちの湿り工合と合うのかもしれない

賑やかな街を歩いているのに
わたしの中を風が吹きすぎていくとき
いつもきまって思うのであった
豆を煮ようかしらと

きょうも　そんな日なのだった
明かりの灯《とも》りはじめた街の十字路に立って
何気なく見上げた空に月が出ていた
――はい　こんばんは
少し歪《いびつ》で傾いた月が
私もまんまるい日ばかりではないのだというように

明日　豆を煮ようと思う
ことしとれた新《しん》の金時豆が
ふっくらと煮あがるまでのその時間が
わたしの胸を温めてくれるであろうから

落ち葉の夜は

口笛を吹きながら
木枯らしの子どもが駈けてゆく
悪戯好きの男の子のように
気のむくままに寄り道をしながら

若い木枯らしは
輝く銀杏《いちょう》の高い梢から吹きおろし
得意気に落ち葉のシンフォニーを奏でる
沙羅の小枝をやさしく爪弾いているのは　誰？
小ぶりの葉がさらさら歌いながら舞っている

寝静まった街にも木枯らしは吹きつづけ
散らされた葉はひと晩中　眠れない
わたしの胸の吹き溜りに
いまも色褪せず残っている　朱いろの葉も

師走の午後に

小綬鶏が啼《な》いている
——チョットコイ　チョットコイ
姿は見えないが高く澄んだ声が
庭の向うの雑木林からきこえてくる

気ぜわしい師走の午後だというのに
わたしは何をするでもなく
その声をただぼんやりときいている
少しばかり倦《う》んだ日常のなかで
時折　クリスマスツリーの豆電球のように

点《つ》いたり消えたりしている思いを見定められぬままに

やがて茜さす空に
黄いろ味を帯びた三日月が仰向《あおむ》いて寝ころび
朝からずうーっと咳込んでいた北風は
いつのまにか静かになっていた
さっきまで　ちょっと来いと
うるさいほど呼んでいた小綬鶏は
わたしを置いてけぼりにして
どこかへ行ってしまったようだ

冬の雑木林

森閑とした森の中をゆくと
樹の息づかいがきこえる
やわらかに射し込む光が
大地に裸木の影を描いている
細い枝をからませ合いレース模様のように

花も実も葉も落とした裸木は
樹の姿の美しさを見せて立っている
傍らの木の肌に触れてみると
しんとした温かみがわたしの手に伝わってきた

思わずその幹を両腕で抱くと
不意に　涙がこぼれた

そのまま　わたしは見上げていた
身にまとうもののない冬の樹が
北風に晒されながら凜として立つ姿を

朝の電車のなかで

――ずいずいずっころばし　ごまみそずい
　ちゃつぼにおわれて　とっぴんしゃん
朝の混雑がまだ残っている電車のなか
姿は見えないが女の子の幼い歌声がきこえてくる
サラリーマンの新聞をめくる音
大人の低い話し声を縫うようにして

一日がゆっくりと暮れていったあの頃を
この古い歌がたぐりよせてくる
石蹴りをした春の路地

綾取りをした夏の木蔭
そこにはノボルくんも　ミッちゃんも　やまさんもいて

女の子の歌に合わせて
胸のうちでいっしょに口遊んでいるのは
きっとわたしだけではないだろう
ふと　気がつくと女の子は下りてしまったのか
もう歌声は消えていたけれど
わたしの胸のうちではまだつづいていた

コスモス

明け方からの雨があがってても午後の空は暗いまま
気がついて見るとテラスに置かれた二鉢のコスモスが
揃ってこちらに顔を向けている
白　うす紅　深い赤紫の花びらを
時折　頷くように揺らして

五月生まれの母はコスモスが好きだった
生家はその時代には珍しい洋館で
ひと叢《むら》のコスモスの咲く庭に
若い母が微笑みを浮かべて佇んでいる写真が

色褪せた今もわたしの手許に残っている

常々は思い出すことも少なくなっていた母が
花の蔭からそっとわたしを見ている
一日中　光の射し込まなかった庭に
うれしい花の眼差し《まなざ》

母の着物

探し物をしていた箪笥の底から
一枚の古い母の着物が出てきた

それは渋い小豆《あずき》いろのお召で
明治生まれにしては背の高かった母に
ほっそりとよく似合っていた
わたしは小学生のころ父兄会のたびに
その着物を着てほしいと母にせがむのだった

かつて父の転勤で旧満州へゆき

戦後引揚げてくる時も
両手で持てるだけという制限つきの
少い手荷物の中に入れてきた
日本に帰りつくまでの道中で
衣類は一枚ずつ失われていった
少しばかりのお米や野菜などと交換されて

けれど　二つの国境を越えながらも
小豆いろのお召は大事に持ちつづけて
無事に帰ってくることが出来た
五十年あまりの歳月が畳まれている着物を
そうーっと抱くと
はらりと袖の振りから若い母のはにかみがこぼれた

綴れさせさせ……

夜風が急に冷えてくるころになると
――綴れさせさせ　肩させ　裾させ
蟋蟀《こおろぎ》の鳴く声も日ごとにしんみり細くなっていく

わたしが育った九段の二七通りという街では
二と七のつく日に縁日の夜店が通りに並ぶのだった
縁日の夜は晩酌を愉しんでいる父を急きたて
母にせがんで一緒に出かけるのが嬉しかった
朝顔の柄の浴衣の袂を揺らしながら……

裸電球がオレンジ色に光る通りには
アセチレンガスの強い匂いが漂い
唐黍《とうきび》の焦げる匂いも流れてくる
やがて千代紙やビーズの指輪など手にしての帰り道
路地の草蔭で蟋蟀が鳴いていたのを
幼い耳はいつまでも覚えていた

今夜も庭隅の草むらから
――綴れさせさせ　と昔のままの声がきこえる
その言葉をわたしに教えたあのころの母は
子どもたちが寝静まったあと
虫の声をききながら夜が更けるまで
家族のために冬仕度の針を運んでいたのであろう

五月の風のなかで

おととし　五月の風はバラの甘い香りがした
きょねん　五月の風は若葉の青い匂いがした
ことし　五月の風はひりりとわたしの胸に沁みてくる

いま通り過ぎていった風は
さほど強い風ではなかったが
わたしの胸の奥にできた傷口に触れて
薄い瘡蓋《かさぶた》を剥がしてしまった
ようやく覆ったばかりの瘡蓋であったのに

若葉が揺れ
わたしとかかわりのない人々がたのしそうに
休日の午後を歩いている
その流れの中に交じりながら
あなたのいない歩き慣れた街をゆくと
どこからかコーヒーの香り

不意に滲んでくるぬるい泪が
剝がれた傷口を舐めている
わたしひとりに吹き過ぎていく
五月の風のなかで

樫若葉

降る　降る
雨のような音をたてて降ってくる樫の葉
高い梢から夥しい樫落葉が風もないのに散ってくる
五月は常緑樹の落葉の季節で
庭向こうの樫の林からひっきりなしに葉が舞いこむ
掃き寄せると
色あざやかな秋の落ち葉とは違って
乾いた音が何故か切なくひびくのであった

わたしが毎朝　雨戸を繰るとき
林いちばんの大木で男らしい風貌の樫と目が合う
その木もまた
わたしを見ていてくれるように思う
樫若葉の萌えたつ五月が好きだった　あのひと
林の中に佇んでみよう　わたしも
あのひとの思いが若葉をきらめかせ
木下闇《こしたやみ》をつくって待っていてくれるだろうから

雲の忘れもの

薄墨いろの空に
形のよい一片の茜雲が遊んでいる
間もなく闇に覆われて
雲の帰り道は閉ざされてしまうだろうに
わたしは冬の庭に佇んで
束の間　雲の忘れものに見とれていた

いま　どこかの街角から　どこかの家の窓から
この雲を見ている人もいるかもしれない
帰ってくる人を待ちながら

帰ってこない人を思いながら

多才な空の絵師は
暮れかかる墨絵の冬空に
消し忘れた空の明かりのように
ひとひらの茜雲を描いて見せてくれた
かつて遥かな山脈《やまなみ》の向うに茜雲が消えるまで
言葉も交わさず立ち尽くしていた
二人の旅の日があった

木枯らし

空がはげしく咳きこんでいるような木枯らしに
夕方の駅前は足早に行き交う人で混雑していた
その雑踏の中に思いがけず
見覚えのある後ろ姿を見かけた
忽ち人波に吸われて見失ったが――あのひとに違いない

いつかの晩も木枯らしが吹いていた
向かい風にコートの衿をたて肩を窄めながら
冷え冷えとした街を　二人で歩いた
ふと気がつくと　右の耳につけたイヤリングがない

どこで落としてしまったのだろう

あの頃のわたしたちは
互いの向かい風を上手に避けられないまま
いつとはなく遠ざかっていった
木枯らしの吹く夜は
右の耳朶がかすかに火照ってくることがある
歳月のはるかに流れ去ったいまも——

雪の午後に

紅梅に降り積む雪は
みるまにその細い枝を傾けてしまった
丈の低い三つ葉つつじは
地に伏すように倒れかかっている

竹箒で枝々の雪を払うと
木は素早く起き上がった
——ほら　大丈夫よ　と
木の声がする
雪の上には紅い花びらとまだ固い莟が

無残に散らされたというのに

健気に立ち上がった木の姿を眺めていると
わたしの胸の奥に積った哀しみを
そっと払う手があった
なつかしいあの温かい掌
降りしきる雪にそのひとを思いながら
わたしも木に倣って声に出してみた
――もう　大丈夫よ

春の駅で

昼過ぎの閑散としたホームを
特急列車が風を巻き起こして通過していった
向こう側のホームからは
四輌連結の電車がゆっくりと発車していく
まるでひとつの家族のように繋って

ふと　気がつくとわたしはいま
わたしだけの一輌の電車を走らせているのだった
かつて連結されていた四輌の電車は
それぞれの線路に分かれて走り去っていった

これからは古い枕木の上の馴染んだ線路を
のんびりと行こう——小さな駅に停まりながら

わたしの終着駅はまだ見えてこない
それはうっすらと煙るように咲いている
杏の里のあたりだろうか
それとも夕日が茜いろに染める
山あいの駅にコトンと停まるのかしら
春の風景のポスターを眺めて
わたしのその日を思ってみる

いちまいの羽

庭の芝生の真ん中に
一枚の病葉《わくらば》かと見えたのは
近づいてみると椋鳥の幼い羽であった
蹲踞《つくばい》の水を飲みにきて
草蔭にひそんでいた猫に捕えられたらしい

いちまいの羽を残して
終わってしまった椋鳥の短い一生には
高い梢を飛び交い
自由に空を翔る日があったのだろうか

と　思ったとき
羽は風に誘われてふわりと舞い上がっていった
それはまるで意志あるもののように

いつか　わたしを捉えるはずのあの手は
もしや今頃　空の高みかどこかの物陰で
その覚え書きの手帳を
気まぐれにめくって眺めているのではあるまいか
わたしにはまだ残すべき
いちまいの羽さえ調《ととの》えられていない

九月の森

九月の森には
夏が忘れ物を思い出したように
ひょっこり戻って来たりする
けれど樫や櫟の高い梢は
日ごと急ぎ足になる夕日を見送ったあと
森に棲む虫たちの恋唄を
夜が明けるまで聴いてやっている

樫も櫟もやがて団栗を落としはじめる
木の足もとの地面を覆うほどに……

団栗の落ちる前に森の奥へ入って
わたしはひと粒の恋の種を
人知れず埋めてしまいたいと思う
このまま胸の底に沈めておいたら
ひっそり育っていつか萌え出てくるかもしれない

わたしは軽くなった胸を抱いて眠り
森は月が傾くまで眠れない

風の記憶

夏の夕暮れ
うなだれている庭木と白く乾ききった土に
水を撒いていると風がやってきた

この風の匂い
それは北海道占冠《シムカップ》村トマムの
見晴るかす夏の原野を吹きわたるあの匂いだ
かつて　トマムの高原のカフェテラスで
わたしたちは生ビールのジョッキを手にして
さわさわと心地よい風をたのしんでいた

そのとき悪戯好きの風がジョッキに唇を寄せてきて
注がれたばかりのビールの泡を崩していった

わたしたちは思わず顔を見合わせて——それから
何の話をしたのか
風の記憶だけはあざやかに甦ってくるのに
交わしたはずの言葉は
喉越しの泡のように消えてしまった

風の運んでくる記憶はいつも
束の間　わたしの胸を湿らせていく
ひとりですごす　この夏もまた

蔦の棲む家

小さな門に蔦の葉をからませた平屋の家
その家はバス通りまでの小路の中ほどにあって
親子らしい青年と母親が出入りするのを
通りすがりに見かけることもあったが

いつからか　人の住んでいる気配がない
と　思いはじめてよく見ると
蔦は門から地を這い
窓も玄関のドアも隙間なく隠し
さらに平屋の屋根までも覆いつつあるのだった

新緑のその葉は生き生きと輝き
このまま　どこまでのびていくのだろうか
昔から蔦の旺盛な繁殖力を
家の繁栄にかけて紋章にしたと伝えられる
しかし　蔦にのっとられたこの家は
人を拒む勢いで初夏の光を浴びている
わたしと何のかかわりもない空き家だけれど
通りかかるとき隠された窓のあたりに目がいく
かつて青年が好んで聴いていたのであろう
マーラーのあの曲が流れてくるようで――

冬の雷

暗くなった空に稲妻が走り
はげしい雨と時ならぬ冬の雷がとどろく

大寒に入ったばかりのいま頃の雷は
北の日本海側では〈鰤起こし〉と呼ばれている
出世魚のブリは成長するにつれて
その名もワカシ　イナダ　ワラサ　ブリと変わっていく
やがて脂ののった天然の寒ブリが大漁となり
雪の降りしきる能登の氷見《ひみ》漁港に水揚げされる

わたしはかつて　真冬の能登半島を訪れて
氷見にも泊まった
あの活気ある港町に冬の雷は
大漁を知らせる祝砲のようにきこえるのだろう

ぶりの照り焼きが好物だった父と母
ぶり大根に辛口の日本酒を好んだ夫
いまは亡き人たちの冬の食卓を目に浮かばせつつ
わたしは雪のない温かな部屋にいて
ひとり鰤起こしの雷をきいている

秋　ひとひら

茜色に色づいた大きな葉
調べものをしていた辞典のサ行のページに
懐紙に包まれて押し葉になっていた

分厚い辞典の中で眠りつづけても
色あせぬ秋の色を残している葉は
夏に花をつけ　のちに紅葉するナツヅタらしい
わたしの掌ほどもあるこの葉を
拾ったのはどこで　いつごろの秋であったのだろう
覚束《おぼつか》ない記憶の小径をいったりきたりしていると

押し葉とはかかわりのないことまでたぐり寄せられる

歳月の襞の中に隠れてしまったひとにも
ふと逢いたいと——思ってみるだけのことを
もしかして　わたしもどこかの　だれかの
人生のページにはさまれてはいないかしら

ナツヅタの葉をサ行のページに戻しながら思ってみる

暮れ六つの鐘

山椒の若葉を摘みに庭に出ると
鐘が鳴っている

鐘の音はここからほど近い処の
烏山寺町のお寺のあたりから流れてくる
夕暮れの木立をぬける深い音色を
今日　はじめてきいたように思うけれど
鐘は毎日きめられた刻《とき》に鳴っていたのだろう
寺町の近くに十年あまりを住みながら
気づくこともなく過ごしてしまった

他にもあるに違いない
きき逃したものも
耳が忘れてしまったものも

やがて鐘の音がやむと
あたりは急に暮れてゆき
掌に摘んだ山椒の香りがわたしを包んだ

気になる椅子

いつだったか　どこの美術館で目にしたものだったか
それを描いた人の名も覚えていないのに
気になる椅子の絵を思い出すことがある
丸いテーブルをはさんで
いままで向かい合っていたのだろう二人の
飲みかけのコーヒーカップ　灰皿いっぱいの吸い殻
乱暴にひかれたままの椅子
その立ち去ったあとの形が生々しく描かれていた
男と女　もつれた話の結末を思わせるような

椅子に座るとき
人はこころも座らせる
弾む思いも　ときに沈む思いも
椅子は知っている
その軽さ　重さも

長い歳月をそこに座らせて
古びてきたわたしの椅子はいま
ひとり　物思うように春の光を抱いている
午後の部屋の一隅で――

にわか雨の夕方は

にわか雨の夕方は
会社から帰る父を駅まで迎えにいくのが
小学生のころのわたしの役目だった
母はわたしに父の傘を持たせ
――駅の大きな時計が六時をすぎたら
　必ず帰ってくるのよ　お父さんがまだでも　という

駅までは子どもの足で十分足らずだったが
折りたたみ傘など　ない時代
わたしの背丈に比べ男物の傘は大きくて重かった

駅の改札口の柵にもたれて
わたしはホームから上がってくる人々を見つめていた
母と約束した時刻がすぎても
もう一台　あと一台と待ったことも……

そうして父の姿を見つけたときの嬉しさ
傘をさした父の腕にぶら下がるようにして
自分の傘を片手に帰る道々は
子ども心にも責任を果した安堵の思いだった

長い歳月が流れたいまも
夕間暮れのにわか雨は
大きな傘を抱えた少女のわたしを駅へと歩ませる

春の風邪

どこで貰ってきたのか
春の風邪をひいてしまった
すぐ治りそうでなかなか治らない

きのう　とがめてしまった小指の
ささくれのあとが
赤く腫れて　ときどき疼く

その懶《ものう》い気怠さの中で
記憶の底に眠っている筈のものまでが

急に目を覚ます
疾《と》うに忘れたつもりの
古い手紙の中の一行
いき違ったままの思いなど
ささくれのようにこころ疼かせる

そうして朝になると
包帯をまいた右手の小指をぬらさぬように
左手だけで顔を洗う
きのうから猫になった　わたし
春の風邪はうつうつと日ばかり重ねて
相変らずわたしの中でまだ元気に生きている

障子を張る日

風のない暖かな日
障子を張り替えようとして
紙に刷毛と糊とを揃えながら
器用だった母の障子を張る手を思い出していた
家の造りも暮らしかたもいまとは違い
冬に向かっての女の仕事は
手を休めるいとまもなかったであろう

わたしが子どものころ　よく手伝わされたのは
桛《かせ》の毛糸を巻いて玉にするとき

両手にかけた毛糸を交互に動かすのが
腕がだるくて困ったこと
布団の綿入れも少し手伝うだけで
すぐ鼻がむずむずしてきて嫌だったこと
天気のよい日は洗い張りの伸子《しんし》張《ば》りと張り板が
一日中　陽を追いかけていた
その遠い記憶は甦ってきても
わたしの手はそれらの仕事を疾《と》うに忘れている

きょう張り替えた真っ白な障子にも
あのころのように冬の光が柔らかにさしている
葉を落とした庭木の影を映して

歳月はさらさらと……

ケヤキ並木にそって並ぶ団地の
建て替えの取り壊しがはじまっている
その工事中の中ほどにトラックの出入りする空間があった
立ち止まって覗いてみると
ブルドーザーで掘り返された黒々とした土が
ほっこりと秋のお日さまにあたっている

建てられてから四十数年
コンクリートの建物の下で
お日さまにあたることのなかった地面の土だった

敷地の隅にはいくつかの植木鉢　片方だけの運動靴
古びた三輪車などもいっしょに日向《ひなた》ぼっこしている

かつて　この団地が建ったころ生まれた赤ん坊は大人に
その大人から生まれた赤ん坊もまた成人し
長い歳月が流れていった
子どもを育てることに忙しかった親たちも
いまでは　うっすら老いて……

歳月はさらさらと流れていく
やがて新しくなった団地に暮らす人々にも
春がきて　秋がきて　赤ん坊は大きくなっていく

夕方の路地

夕方の路地にはいい風が吹いていた
遠くのほうからお豆腐屋さんのラッパの音がきこえる
五時をしらせる街のチャイムが鳴っている
外で遊んでいる子どもは早く家に帰るようにと
もうじき明かりが灯りはじめる家々の
細目にあけた台所の窓からは
晩ごはんの支度をする匂いもそろそろ流れてくるころ
けれど　ここを歩いているのは――わたしひとり

行き交う人もなく軒を連ねる家はみなひっそりと
空き家のように静まり返っているのだった
人影もなく物音もしない小路に迷いこんだかのような
そう思ったとき

――おとうふやさーん
路地の奥から容《い》れものを抱えた少女がとび出してきた
すると　スイッチでも入ったのか
忽ち生き生きとした夕方が動き出した
お豆腐屋さんのラッパの音が近づいてくる
お母さんが二階の窓をあけて子どもを呼んでいる
少年が犬を連れて走っていく

振り返りながらわたしは歩く　少女の立つ夕方の路地を

冬の庭

一日中　木枯らしが吹いたあくる日
――昨日は申しわけなかった
とでもいうように
冬日が丁寧に庭の木々をあたためている
女雛の口もとのような紅梅の蕾《つぼみ》を
毛皮のマントをまとっている木蓮の花芽《はなめ》を

柔和な一日が暮れるころ
ふと庭に目をやると　糸ひばの下枝が
優しいお辞儀をくり返している

いましがた帰りかけた夕日が
思いついて立ち話をしているような
そこにだけ明るい光がさして
風が小さくめぐっている
ほとんど陽の当たらない庭隅の木に
それは　ほんの束の間の輝きだったが

木はそうして待つことを知っているのだろう
糸ひばのしぐさを目に残しながら
私は日向《ひなた》を拾うことばかりに忙しい日々を
冬の木に恥じている

あとがき

新しい世紀を迎えるというので、大騒ぎをした二〇〇〇年の夏に、第三詩集『いちまいの羽』が生まれました。

それから五年が過ぎたいま、何であれ世の中の進み方に、日進月歩どころでないスピードを感じます。そうした中で思いがけず、書きはじめから今日までの詩を選び、四冊目が生まれることになりました。

わたしは日記を書かないので、ひとつひとつの詩の中に、折折の思いが佇んでいる気がします。

ここまで長く書き続けてこられましたのは、ひとえに「渚の会」（平成十五年六月終回）と「阿由多の会」で、新川和江先生の懇切なご指導を頂いてきたことでした。心から厚く御礼申し上げます。

このたびの出版にあたり、文芸社のスタッフの皆様には、細細《こまごま》としたご配慮を頂きました。またいろいろのお骨折りのおかげで、第四詩集としてまとめることが出来ました。

ありがとうございました。

この詩集を手にしてくださる皆様に、心から感謝申しあげます。

二〇〇五年一月吉日

柴田　節子

著者プロフィール

柴田 節子（しばた せつこ）

東京生まれ
「阿由多の会」会員
1985年　第一詩集『午後の椅子』（花神社）
1995年　第二詩集『冬の庭』（花神社）
2000年　第三詩集『いちまいの羽』（花神社）

詩集　午後の木洩れ陽

2005年３月15日　初版第１刷発行

著　者　柴田 節子
発行者　瓜谷 綱延
発行所　株式会社文芸社
〒160-0022　東京都新宿区新宿1－10－1
電話　03-5369-3060（編集）
03-5369-2299（販売）

印刷所　株式会社エーヴィスシステムズ

ISBN4-8355-8328-0